内在之美
旬邑诗人诗选

The Beauty Inside

路 男 编

陕西新华出版
太白文艺出版社·西安

图书在版编目（CIP）数据

内在之美：旬邑诗人诗选 / 路男编. -- 西安：太
白文艺出版社，2016.12（2025.3重印）
ISBN 978-7-5513-1101-4

Ⅰ. ①内… Ⅱ. ①路… Ⅲ. ①诗集－中国－当代
Ⅳ. ①I227

中国版本图书馆CIP数据核字(2016)第312097号

内在之美 ： 旬邑诗人诗选
NEIZAI ZHI MEI：XUNYI SHIREN SHIXUAN

作　者	路　男
责任编辑	刘　乔　胡世琳
封面设计	张洪海
版式设计	新纪元文化传播
出版发行	太白文艺出版社
经　销	新华书店
印　刷	三河市双升印务有限公司
开　本	880mm×1230mm　1/32
字　数	90千字
印　张	5.75
版　次	2016年12月第1版
印　次	2025年3月第2次印刷
书　号	ISBN 978-7-5513-1101-4
定　价	38.00元

序

内在之美

路　男

旬邑，我的故乡。

作为一名诗人，故乡是我心中永远的话题。

旬邑地处黄土高原，是一块神奇古老的土地。古称豳，秦封邑，汉置县。距今两千多年前的秦第二大国防工程——秦直道穿境而过，道路与兵站的遗址至今犹存。旬邑是一块美丽的土地，其境内的石门山被誉为"渭北高原上的西双版纳"，是极好的自然风景旅游区。旬邑是一块文化积淀深厚的土地，这里曾经是被《诗经》反复吟唱的古豳之地。如今这里是"中国现代民间绘画画乡"和"中国民间剪纸之乡"。

离开故乡近30年，时至今日，总感觉自己的内心有了些许的沧桑感。

每每回到旬邑，我对生我养我的这片土地的情感就会喷薄而出。在乡村小路走一走，在山沟沟里转一转，与老乡坐在一起聊聊天，到处看看这熟悉而又变得陌生的地方，心中的感慨总会不断升温，那一丝淡淡的乡愁开始在岁月长河中缓缓流淌。

选编一本旬邑诗人诗集，是我这几年来一直想完成的一件事情。如今，《内在之美：旬邑诗人诗选》即将付梓，心里的激动与万千思绪不言而喻。

这部诗集选稿以现代自由诗为主，收录了吕明凯、陈忠林、李荣、李战辉、王贞、连忠照、李凯凯、张梦婕、刘敏卓、王玉婷、路男11位旬邑籍诗人的诗歌作品。

从整体艺术风格上来看，这些作品呈现多元化特征。不论是抒发内心情感或者感悟人生，不论是探索人性或者情系乡土，每位诗人的作品都以不同的方式表达出对人生及生命的不同思考。当然，我更看重的是对传统文化情有独钟的传承与解读。

吕明凯的诗作视野开阔，思路清晰，饱含大情怀。陈忠林长期生活在秦皇岛，其作品像大海一样深远明亮且具穿透力。李荣的诗歌独具女性的绵柔和温情。李战辉以前以古体诗创作为主，近年来开始写作现代诗，因为具备写作古体诗的基础，其现代诗创作更加自如，犹信手拈来。王贞的诗歌在丰盈灵巧中表达出更多的思想火花。连忠照和李凯凯在生命的行板上书写着对人性更多的拷问。张梦婕与刘敏卓的诗歌简洁清秀，传统气息跃然纸上。路男的诗歌创作十分活跃，在国内诗坛多次获奖，诗风温暖清新，被誉为"阳光歌手"。

总体来看，我们旬邑诗人在诗歌创作上勤奋用心，无论在审美的知觉上还是作品的语境上，都表现出技巧层面的创新和突破，更着意于表现主体的情绪、情致，确立自己的意象符号和话语系统。这正是一个创作者所应具有的基本技能，蕴含于内在，书写于纸张。这是可喜的，是值得我们继续坚持的创作态度。

值得思考的是，在诗歌创作上，我们旬邑诗人缺乏的是大视野与大胸怀，对人性的拷问与对生命意识独立的思索也略显不够。这也是在全省乃至国内缺少叫得响的旬邑诗人的主要原因。

我们的家乡闪耀着诗意的光芒！同样，我们旬邑诗人也携带着诗意的锋芒！

文学创作的道路漫长而艰辛。作为诗人，对事物的洞察力、对生活的创造力都必不可少，要具备沉静的内心与独特的思考。我相信，在这几点上，我们旬邑诗人都能清醒地认识到自己的差距。

诗人的想象力是无限的、丰富的，在茫茫人海中能认识到自己更是值得我们进一步修炼的技能。旬邑这片古老的土地养育了我们，也在不断地给予我们强大的精神食粮。热爱自己脚下的这一方热土，让思想的火花在无限的诗意里闪耀着璀璨的光芒。

我们在路上，我们在继续行走！

路　男

2016 年 11 月 23 日于西安

目　录

吕明凯

1952年生于陕西旬邑，陕西省作家协会会员，多年从事党政管理和教育工作，爱好文学，有多篇诗作发表于杂志，出版有诗集。

曾　经

曾经　顶一夜繁星

同在书海泛舟

灯光处处闪烁

心跳同一节奏

梦想渐次生长

憧憬变幻面孔

曾经　伴花摇虫鸣

打场快乐的羽毛球

球儿密密织

球拍紧紧缝

友谊七彩缎呀

天天焕新容

曾经　乘月夜柔风

船儿静静相遇

风儿同向推

浪儿反向送

一团诗情揉碎

没入年轻河流

曾经 离别的汽笛

把思念载向几头

小巷中寻觅

大楼下盘桓

给回忆做出新解

教情谊增色几重

如今 日过中天

双鬓染秋

世上时序更替

心中江河依旧

晚霞漫天

枫叶红透

朝　阳

驱走黑暗

给世界捧出新的希望

鲜亮的光

温柔的爽

让生命

滋生着蓬勃

萌动　拔节成长

给心的原野

密密地涂上多彩的景色

不愿生灵受到炙烤

不愿惊扰甜美的梦乡

把光热留给世界

播撒千里万里

无尽的蓬勃

给生命

注满丰沛的能量

让心的年轮

与山川共辽阔

与江河同绵长

乘高铁

一切都被抛在脑后

一瞬间——

光明 黑暗

山川 原野

曾经的狂放

曾经的辉煌

曾经的孤寂

曾经的寥落

无可避免地

飞快 遁入

历史的深处

还有几个人

愿意 翻晒

昨天的阳光

丰谷颂

没有几粒谷子

却扬起骄傲的头

是在卖弄自己的思想

是在炫耀自己的清秀

对朋友的致意

不屑一顾

活在自己的世界里

自以为

只要高人一头

必会吸引眼球无数

已经果实丰硕

却低下谦恭的头

是在向滚烫的汗水致谢

是在向辛劳的蜂儿致敬

哪怕是微风拂过

也要频频额首

她明白

只有融入大众

才有友谊和生命的永恒

关于记忆

记忆是一巷春雨

淅淅沥沥

缠绵悱恻

记忆是一坡月光

树影婆娑

虫儿屏住呼吸

记忆是一抹斜阳

千村炊烟

路少人迹

记忆是一轮朝日

禾苗挺胸

鸟鸣声脆

记忆是一次挚友相聚

高谈阔论

酩酊大醉

记忆是一台大戏

生旦净末

各展绝技

记忆是一场辩论会

火花飞溅

激情洋溢

记忆是一堂哲学课

酸甜苦辣

都有了来历

记忆总把梦引向昨天

细细咀嚼

慢慢回味

记忆总把路指向明天

绕过险滩

穿越荆棘

红烛之歌

送上温暖

送上幸福

滚烫的心啊

把多少梦想催生

别看我一点儿火苗

却能让知识的烈焰升腾

别说我一点儿热量

却能使一派生机悄然萌动

为了所有梦想变成现实

我甘愿燃烧自我

点亮你的人生

送上欢乐

送上光明

透亮的心啊

把多少希望播种

别看我一点儿亮光

却能帮你迎来金色黎明

别说我一丁点儿烛红

却能让你的生命无限生动

为了所有希望收获成功

我甘愿化作彩虹

永远笑傲长空

读《林徽因诗传》

你让人间时时都是四月天

爱的涓流滋润芳菲万里

心的世界处处春意盎然

你就是人间四月天

太太客厅让多少高尚心灵震撼

生生世世守护着纯洁的情 不了的缘

你重新定义人间四月天

让世界多了风华绝代 多了凄美 多了眷恋

让历史多了厚重 多了温暖

你精心打造人间四月天

用诗画 用建筑 用心血

让真善美的大厦千秋万代 走向永远

你化作永恒

你的惊世才华 滚烫激情 坚强意志

却永远装点 丰富 圣洁着人间四月天

浙江象山花岙岛石林奇景

冲天狂啸的滚烫岩浆

凉透了心脏

坚硬了脊梁

任上亿年风剑浪刀

无休止地击打 砍削

坚定地挺立在大海的胸膛

笑看着云卷云舒

日明月高

撑起长天

守住海疆

绝壁上的小草

只要有一丝希望

就要让根须

不懈地寻找

水分　养料

不管石头多硬

悬崖多高

向太阳争来

光和热

让绿色锻造

钢铁的臂膀

在狂风恶浪中

站稳脚跟

挺直腰杆

让生命的辉煌

在险峻处娇艳地绽放

我的星空

小时候

我的星空住着玉皇大帝

也总想讨一根金箍棒

扫尽人间不平

有时候也会看到阿里巴巴

还有那钓上金鱼的渔夫

长大后

忙学习 忙工作 忙生计

很难再顾及星空

偶尔一瞥

也只看见地上的倒影

乱哄哄 急匆匆 雾蒙蒙

今天

我的星空里

总是回放着

母亲温暖的臂弯

父亲凄冷的背影

小时候砍柴的镰刀

曾经在峰顶看到的朝日

曾经在雨巷听到的琴声

将来

我会回归到我的星空

那时 地球就是我最牵挂的星星

我要看砍过柴的山沟草木怎样枯荣

我要看谁登上了我去过的峰顶

我要听曾经的雨巷

演奏着谁的乐曲

岁　月

它总能留下痕迹

年轮　沟壑　皱纹　记忆

它总能戳穿谎言

撕破一张张美艳的画皮

它总与宏大联系

时间　空间　自然　历史

它总能包容万物

花鸟虫鱼　月朗星稀

有人嫌它脚步匆匆

因为享有

成功　顺利　丰饶　富贵

有人怨它步履沉重

因为困于

挫折　孤独　贫穷　乱离

它总让真诚的种子

开出友谊和爱情的花朵

它总叫勤劳的汗水

结出成就和荣誉的果实

它总让智慧的精灵

不断带来惊喜和进步

它总给仁慈的魂魄

不断送上和谐与安宁

不管你高兴不高兴

它都在那里

不快不慢 从容镇定

不论你赞同不赞同

它都不改变

冷对一切 客观公正

比萨斜塔前的遐想

搔首弄姿不定讨人喜欢

亭亭玉立和婀娜多姿

却同样都是美的绽放

朝霞万丈固然意味着

蓬勃　生长　发展　茁壮

夕阳西下　残阳如血

却也引来千古绝唱

万世英豪

如日中天　一钩弯月

各领一时风骚

各占一方奇妙

塔楼一斜

比萨从此天下名扬

华盖云集

摩肩接踵

每日拥来天南海北

多少士农工商

一坨泥土

一根枝条

有了斜塔

价值立涨

更有伽利略

一个自由落体

开现代实验科学先河

没有斜塔

或许工业革命

也会姗姗迟到

我们今天还在黑暗中摸索

修正塔身的举动虽属多余

却让多少聪明大脑飞速旋转

大楼校正技术造福万方

海子祭

你用叩问面对世界

九千多个日日夜夜

不断叩问

叩问自然　叩问宇宙

叩问天地　叩问苍生

叩问心灵　叩问爱情

不停歇地叩问中

劈开荆棘

走出新路

攀登悬崖

跃上高峰

山海关惊天一别

并非叩问终结

更多的叩问

在更广阔的大地上

不停歇地萌动新生

你用智慧诠释世界

引来尼采的大脑

梵·高的画笔

解读自然　解读宇宙

解读天地　解读苍生

解读心灵　解读爱情

谜团骤解

雾霾散尽

阳光阴影

白黑分列

每年三月二十六

智慧都会再爆发

新图都会再展开

生命在解读中永恒

世界因解读而精彩

你用梦想建构世界

哲理与诗意的经纬

二百万跃动的元素

锻铸成动人魂魄的

梦的自然　梦的宇宙

梦的天地　梦的苍生

梦的心灵　梦的爱情

涤荡历史

丰富生命

升华造化

拓展时空

梦的骏马电闪雷鸣中换乘

驭者的辉光仍在

引领万马奔腾

开疆扩土

耕耘播种

旬邑

——我的根我的魂

不仅仅因为

土壤里有着公刘的汗水

山风里和着清塬首义的吼声阵阵

阳光里闪烁着马栏火炬的光辉

浪花里荡漾着教育先进县的神韵

还因为

这一方土地埋葬着爷爷的爷爷

这一方山水养育了父亲母亲

世界上因此有了我的生命

身躯中因此有了世代传承的基因

不论走到哪里

割不断的永远都是

深扎在旬邑的人生之根

这一方土地并不一直富有

山瘠水瘦也曾让蓝天挂满愁云

秦塔温暖过一届届学子的野菜团

河边湿地刻下一串串采摘水芹菜的脚印

饥饿的父亲在一片片荒地里播种希望

困顿的母亲在一夜夜灯光里补缀慈爱

班主任点燃一个个梦想的火苗

老师打开知识宫殿的一扇扇大门

父母时时叮嘱

人穷志不能短

老师耳提面命

有知识才有未来

故乡的山水不断呼唤

人不能没有家国情怀

不论身处哪个岗位

胸中跳荡的永远都是

旬邑铸就的生命之魂

走遍天南海北

最美的还是家乡的云

吃过山珍海味

最香的还是母亲的菜

梦里时有家乡游

树梢月儿明 玩伴笑容真

掩卷常涌母校忆

课堂连世界 操场总是春

最希望听到的是家乡的喜讯

县强民富 文明和谐

最希望看到的是家乡的变化

山清水秀 新房排排

怀念牵挂 祝福期待

融入了生命的每一道年轮

树高千尺忘不了根

归根落叶回报着养育恩

不忘家乡就是不忘根本

饮水思源原是做人本分

传递一个信息

增添一片绿叶

送上一阵芬芳

奉献一份爱心

泰塔铃不拒五洲歌声

石门山笑迎四海彩云

家乡梦紧连中国梦

汎河水千里归大海

旬邑根就是中华根

旬邑魂就是中华魂

陈忠林

　　生于陕西旬邑，现居河北秦皇岛，河北省作家协会会员，秦皇岛市作家协会理事，著有诗集《柳笛声声》《哦，这个季节》。诗作曾入选2010年度《中国先锋诗人作品选粹》、2011年-2012年《青年文学双年选》等，2015年获秦皇岛市第四届文艺繁荣奖。

关于故乡

关于故乡

总是在一个人的晚上想起

从汉字里

找不出你的模样

那一片黄土地上

父亲汗珠跳动的光芒

村口牌坊残缺成鹰的翅膀

老黄牛弓起再也伸不直的脊梁

如今站在他乡的路上

回家已成为一种遥远的奢望

被钢筋水泥禁锢的目光

软弱到穿不透岁月的墙

关于故乡

只有在梦里

读你的清秀

想母亲在鞋底上打结的声响

站在秦皇大地上

嬴政举过头顶的虔诚

让黄土地上的秦都战栗成窑洞顶上沉甸甸的谷穗

秦人跪拜的高粱地

点燃渭河的上空　成一片饥饿羊群

风像秦腔一样吼遍那宽广的赤道

黄铜唢呐的哀怨沾满秦人的泪水

香火如关中大道上的羊群马队

穿过秦岭最后一根头发

落在遥远荒芜被盐水浸润千年的土地

如瘟疫一样传染的欲望

从西向东　从北向南

李斯碑最终未能承载的生命

把清黄的日子和自己的骨头

以秦的名义规矩地砌成讲不完的故事

晾晒在燕山曲曲折折的皱纹里

关山关海关匈奴　也关自己

最终未能关注寡妇的泪水

三千男女高原上蒿子一样地繁衍

祭奠历史寂寞　丰富山海传说

站在秦皇这块土地上

我以秦人朴素的手指　在中秋

善意地解开你那褴褛的衣衫

直至最后一颗生锈的纽扣

把心贴近庄严的城墙及残缺的瓦当

感受大地宽容的力量

墙根卖月饼的女人

和善如黄土一样的母亲

一口甜甜的月饼

让心在白露的寒风中苏醒成文字

贴近墙根修一份遥远的家书

寄回长安

秦皇古道

站在秦皇古道上

我像失语的少年

刁野的目光

望不见胡亥的三千铁骑

慑魂慑魄的绝世尘烟

湖水样的天空　把那年

开山劈石的声音

兵营散落的火种

连同马队的嘶鸣

一同收进无人读懂的湛蓝

重叠于眼前的石刻图腾

无法回避的细节

揭示岁月留下的沧桑密诏

叩问驻足这里的

每一个无法回避的偏见

草丛中残缺的青砖

如一枚秦时的商标

嵌进高原宽阔的胸膛

陪伴秦时明月　诉说

兵营少年遗落的眷恋

离古道距离最近的

是穿着丝绸的关中女子

一声叹息　让知冷知热的信天游

披一身高原的雨声

在茶马古道知生知死地响起

长城隘口

蒙恬的一声秦腔

使灵性的黄土地

狼烟四起

秦都出发的枣红马队

关中大道上

印满比斧凿还深的痕迹

打开的柴门 从此

没有了门闩

任秦风自由出入

吹干月光里

倚门而立的泪滴

三千万壮丁的脊梁 弯曲

一座座隘口站起

在山与山之间

似秦人舞动的手臂

褴褛衣衫里的清瘦

点燃荒原

把关里关外照亮

隘口刀子一样

冰冷的利刃

切断匈奴的铁骑

也割断关中情愫

一块块青砖

是一具具累倒的躯体

躺下就再也无法站立

与历史对话

一语千年

长城·圣雪

看不见江山无限

看不见 昔日

苍白的残云下

那冰冷清灰的脸

雪 让城墙素净

如一群饥饿的羊群

从东向西

引导山脉的走向

是战火让雪懂得

再冷的季节

都会输给

征衣上的寒气么

望穿头顶的天空

我以秦人虔诚 祈祷

曾经生长苦难的这片土地

读懂圣雪的心意

今夜的月光里

谁会在关里关外

弹奏安魂曲

传颂这个冬天的温暖

暮色高原

马蹄踩痛高原的神经

满月住在安静的夜空

风 集结着戈壁仅存的雪粒

草 书写着经卷枯黄的安详

骑白马的阿夏 手握火把

把高原的夜色抚摸成柔软的晶亮

洁白的哈达 提升雪线的高度

温暖旅者 散落在旷野凝固的目光

羊群的叫声 让往事瞬间倾泻

雄鹰的翅膀 划过暮色的苍茫

翕动的声响是天神为灵魂歌唱

静谧的花香来自远方的毡房

暮色高原 海的模样

逼近生命 让灵魂安详

走近是一种力量

走远是一种向往

题油画《院落黄昏》

是谁 把多情

种满这红色的土壤

让黎人的院落

宁静成一片秋的模样

光线 翻过低矮的院墙

案板晾满斑驳的忧伤

小狗睡着了

古树依然着沧桑

在光与影的世界里

少女的相思

被黄昏里的纺车

一点点一点点地拉长

织网的女人

你在海滩上 打理

男人昨夜沾满月光的渔网

认真地

像盘点尘封多年的心情

手掌的裂纹和指尖翻滚的绳索

像碣石上被海水打磨出的图腾

没了时光的界限

目光穿过海水一样的日子

沉沉的 落在

被秦始皇铜车马

踩踏过的沙地

溅起的沙粒在渔网上闪光

像陈旧的家谱上

密密麻麻的文字

不记年月

把蛮荒和心事织成

片片撩人的窗花

贴满船舱和出海男人的胸膛

不说话

也能迸发出

惊天动地的力量

五月的乡下

北方的五月

乡下的阳光娇柔

风从树杈上走下来

躲在明亮的村口

手拉手开放的野花

高扬的花冠

难掩暗香浮动的娇羞

肩并肩站立的树

摇着叶子的铃铛

守护或开花或结果的庄稼

交头接耳的草

奔跑在旷野里

随心所欲地选择想去的方向

不管不顾的河

开始自己的收藏

藏起汉子脸上的汗珠　姑娘脸上的忧伤

山顶上走来的雨不声不响

不经意间把一丝温柔的清凉

偷偷地贴在北方的脸上
如果不是麦浪的提醒
真不知道
北方的五月在农人的辛勤里
是一副如此多情的模样

只为时光不那么漫长

如果

祝福能长成树

如果

思念能结成网

如果

泪珠能串成铃铛

如果

黑夜能抚平忧伤

我宁愿

在苍茫的夜色里

长成一棵树

不开花的树

守候

在你必经的路旁

叶子沾满月光

根须扎进海洋

不为

证明心胸的宽广

只为

时光不那么漫长

如果

有那么一天

绿荫成行　落叶染霜

那不是

自然的景象

那是思念

在忧伤里结成的网

以树的形象

走失的时光

人的一生中

总有一段走失的时光

或者是欣喜

或者是忧伤

有人把她

用眼泪祭奠

有人把她

用微笑珍藏

多年后终于发现

眼角的皱纹　原来是

时光留在生命里的

那件美丽的衣裳

有人

感觉温暖

有人

感觉冰凉

那滴不落的雨

你把忧伤种下了
在这不经意的流年
今夜每片叶子
都承载着一个春天

相聚总是太短
忧伤总是很咸
伞遮不住爱恋
雨冲不淡思念

如果有一天
你还来这个小镇

风在等你
雨在等你
时间在等你
每片叶子都在等你

请你相信 那时
这里的花依然为你开着
我的心就是花瓣上那滴
不落的雨

中年心境

这是秋天最后一个假日

零星的雀声

融化午后短暂的温暖

黄色的叶子

像沧桑的丰碑

卷缩的花瓣

似红色的寓言

催人老去的时间

被风吹向十月的高处

唤醒

记忆里沉睡的闪电

万物之声

浸润着十月的果香

庄严的秋天

已没有果实的波澜

不再是

风愁月恨的少年

人到中年

心境

像一场悬在空中的雪

时刻 等待

一场大风的遥远

玫瑰漫山遍野开放

上帝之手

推开地狱之门

太阳的温暖 唤醒

灵魂的睡眠

冰川融化的声音

像天堂里的盛宴

穿过季节的空间

铁树花瓣印染水面

跳动的火焰

点燃鹰的眼睛

你看 窗子外边

玫瑰漫山遍野开放

面朝大海

北戴河午后的阳光

柔软如婴儿午夜的幽梦

天空温柔的云朵

让粗丑的顽石站成

守候梦境的海神

面朝大海

寂寞是座盛开的花园

点点馨香如帆

无声地飘向远方的远方

白浪是一匹狂奔的马

踩痛流年神经

秋天　总有一种力量

让心在浪尖上眺望

男人之四十

之一

混淆

白天和夜晚的概念

感觉　眼睛

夜里比白天明亮

之二

一杯或浓或淡的茶

喝出的　却是一段

或长或短的过往

之三

总是

多一分遗憾

总是

少一分忧伤

之四

日子

像一轮毛边的月亮

或明或暗　最终

都会被眼睛遗忘

之五

抬头不一定望天

低头却总是望水

之六

孩子或者爱人

开始

牵扯心情

更牵扯目光

之七

家　不再只是房子

或者港湾

更成了向往的地方

之八

心情　像蓝天

更像海洋

表情　却总是像湖面

泛着亮光

之九

常想起童年的事

总梦见家乡的人

之十

男人四十

像雪白的床单上

一只一边诵经一边打盹的猫

李荣

　　笔名晓瑜荣儿，1982年生于陕西旬邑，现居咸阳，咸阳市作家协会会员。著有长篇小说《药店逸事》《心不懂情的伤》《卫校那些事》《被拐的女人》以及多首诗歌、散文、杂文、短篇小说等。

爱上自己的女人

在梦幻般奇思妙想的感触中
触动着久未雕琢的女人心
对于娇容塑造的遐思和欣喜
对于爱的无限憧憬和澎湃
女人心洞晓女人梦
以最好的自己给予要爱的人

以最好的遇见给予懂的人
在色彩斑斓的渲染和粉饰中
女人得以展现最美好的自己
用谈吐的高雅以及圣洁的微笑
带着追梦人的赤诚和纯粹之爱
大胆地爱自己以及想要的人
女人如花儿般艳丽多娇倾城
女人如翠竹般亭亭玉立倾慕
女人如诗一般温柔多情倾心
女人如茶香般淡然优雅倾意

女人要的自信美丽

女人要的美艳多姿

女人要的高贵恬淡

都在岁月的历练中

一点点用心蜕变

只是一瞬间的感念

只是用心在塑造那个想要的自己

大胆地爱上自己

比爱上别人更加困难

一个不爱自己的女人何谈爱别人

爱上用心雕琢的自己

用书香悄无声息地装点

用灵魂演绎和追逐

用真诚打动心以及要触动的心

书香之气的勾勒

女人潜藏内心的气质和浑然天成的温润

都会被逐渐还原

在言悦心诚的爱恋中

结识相知相爱

用一生的优雅和美丽

挥写女性最美的诗章

醉吻花香，春色满城

迎着风

脚踏着泥土

在春天里飞奔痴狂

嗅闻着满城的花香

夜色静在

暗潮涌动的万千花骨朵中

挣扎怒放

趁着黎明的召唤

满树的花红丹染了烟灰的城

絮绕的柳绿翠抹了枯桠连理

悠然信步

鸟语花飞扬

一个淡蓝色长裙的女子

沐浴在和煦的阳光下

耳鬓粉色的桃花正艳

闭眼幽思

睫毛微触

粉饰娇容
美若桃花般袭人
风袭花瓣翩翩飞
玉手捻花迎空落
花香倾城人自醉
心海浮沉美如痴

金黄铺就迎春花
桃花满城花似海
纯洁如玉梨花情
樱花浪漫团团簇
有名无名争相开
万紫千红斗姿态
不分高低满城彩
尽是一年春光无限好

桃花，绝恋

春日冷风萧瑟之寒意

竟可以唤醒整个严酷冬日沉睡的万物

是春之寒意较冬日更温润

还是万物惺忪归于自然

是春之召唤还是万物复苏时

春只不过是趁此机会给自己冠个好的名声

看春日桃花掩面而笑

引得人们驻足观赏

春雨寒风落了一地花瓣

满园春色尽收眼底

在阳光艳照的天

你用温柔温润了桃花的蕊

守候着树上一朵朵花儿争相开放

你的钟情与付出

让桃花开满了天

欣欣然一片向荣

花落无期

你自薄情

隔壁花海的海棠却也耀眼

你惊愕的艳羡的目光仿若隔日流淌的样子

火辣辣地投射到海棠花娇艳饱满的花蕊上

你亲吻它沾染过雨滴的娇嫩和芬芳

是花儿衰败的步伐太快了

还是你移情别恋的目光好陌生

花自无情，你若有情

即便天下各色花儿互相斗艳

你满眼浮尘岂会看进眼中

一身净土岂会招染各色花香

自桃花幕落终会花开

待冬去春来花期自来

满树粉饰争得天下第一

倾城绝恋非桃花不能及

爱慕之心亦桃之艳丽不能比

为守心护身花之冠军
而你岂忍心踱步移恋

就像桃花渲染了春之伊始
你的钟情能否守候一世花开

夏雨静思

立夏的雨

浇灭了春末的炎热

带来了无限的雨思

一个人游走在城市的小巷

任由你的影子时而出现时而模糊

过去的种种好

是幻觉还是真的失去了

我们仅是彼此的过客

你所有的好

都只是在记忆中永存

却再也无法读懂你如今的眼神

在这雨季

五月的雨季

如此深刻地想起你唤我的昵称

你让过去充满了激情和浪漫

也让这消散的时光充满了空洞和寂寞

是我太在乎你的付出

还是过于享受这过程

忘了懂你的心

转眼

雨越下越大

你关切的声音再也不会出现在雨季

哪怕是一个字的关怀

心比这空气要冷

望着渐行渐远的人群

找不到你心惶恐

无比煎熬，挣扎

花开只一时，真情却一生

摇曳的风筝

从不觉得会脱缰

它却挣脱了束缚

留下双目的错愕惘然

满树梨花飞舞

轻盈腰身的浅醉

拥抱春日温润的呢喃

寒风吹落了花瓣

触摸无法留守的圣洁

依稀落下的轻吟

却是这一生无法再现的美景

被吻了的花蕊的心

定格在唯美与浪漫中

无法自持

用心追忆

全世界的爱如同这纯洁的花儿

一朵朵盛开全是满心的欢喜

乌云笼罩

噩梦惊破山峦的绕雾

黑色的幔帐缠绕着照片

哀伤和绝望直刺眼帘

任风筝无影踪

满树花瓣飞满天

任思念喊破喉咙

泪水化成无言以对

只留下微笑的黑白影像

冰冷地挂在奠堂

今世的断裂隔绝

无法倾诉的对象

成了一生追悔的情思

垂暮沧桑瘦骨嶙峋

关切倍怜只是逃避

莫此生痛苦静闭

锁上了凡尘红颜的守望

追索只见后人笔墨

他却带着满身疾痛悄然离去

待哀思涌现

泪雨倾肠

花开终会落

情深永无期

花开只一时

真情却一生

梦魇·残缺

思在心空无限弥散

躲避人生无法摆脱的梦

重复过往的唏嘘

如鲠在喉

历数如昨

心雨滴落在深底

永久地沉落

直到心的煎熬已经溃败

泣不成声

深入骨髓

心海填不满的沟壑

泪雨嵌困在其中

痛入每个细胞

沉落，摇曳，挣扎

不爱的人唤不醒

爱的人不去怜

在拒绝与失落中

把手归因

自持之苦

只为那一场梦不再袭

唤醒该彻悟的人

紧握爱的希冀

除去阴霾

跳出来睁开眼

那璀璨的阳光正好

斜撒在白洁如玉的光滑身躯

遇　见

四月的天空弥散着鲜花的芬芳

空气中满是爱的味道

相遇在浪漫的时节

你我相融在别人的城市

握着的手走在陌生的街道

全身被幸福浇灌

以为阳光雨露会永远鲜亮彼此的心情

即使风雨来袭

彼此相拥的温度也可以温暖整个世界

嗅闻着只属于你的气息

满心眼全是你的喜怒哀乐

敏感于彼此取悦的瞬息

只怕疼爱过度心会一起痛

只怕心会跟爱一起飞

找不到可以停靠的彼岸

在所有可以睁开眼可以思念的时空

满心全是彼此倾慕的岁月

你的细胞已经深深地植入体内

纠结和扭曲着我本疯狂

在有爱无爱有恨无恨的往昔

怨你来过我的世界

带走了我的一片痴情

唯留下空白的自己在荒漠中孤行

时间唯美了爱情

也淡漠了相互吸引的欲望

拉开历史的帷幕

原来你一直存在我的心海

充实了我一段过往的美丽

彼此永留这一段刻骨的遇见

水　杯

无论是冬日寒风凛冽的雪

还是春日恣意飞扬的柳絮

无论是夏季酷暑的晌午

还是硕果累累的秋日午后

总是在同一个路口遇见你们

那标志性的偌大水杯人手一个

跨在胸前或提在手中

水杯已经失去了原有的颜色

可依然装满了干净的水

戴着头盔的脸上

总是布满了劳累和愁苦

被白灰水泥渍染的衣裤

总是装点着不同的污垢

唯有杯中的水清澈透明

静默在瓦砾中已经消失的村庄

每天在各种不同的噪音和刺耳的建筑声中

一天天改变和重新站立

分布在网状的建筑楼宇间的你们

每日操作在危险与劳苦之中

当汗如雨注口渴难耐

偌大的水杯顿时派上用场

当被钉子刺破手臂

偌大的水杯顿时清洗伤口

当双手冻僵麻木不灵

偌大的水杯灌满滚烫的热水温暖冰冷的双手

犹如杯中的水给你们送去温暖和能量

你们用自己的勤劳、智慧和汗水

装点着这个城市的壮丽美观

你们将一片片废墟变成高楼大厦

将这个城市装点成漂亮的空间楼阁

供人们衣食住行

任花儿芬芳草儿青绿

哪里少得了你们的劳作

任曲幽小径金碧辉煌

哪里少得了你们的奔忙

任繁华都市车水马龙

哪里少得了你们的勤奋

一杯水的情怀足以呵护干涸的人心

更何况是日夜奋战在这个城市七零八落的农民工兄弟

用一杯水的情怀

纯粹清澈没有任何杂质地为你们送去甘甜和醇香

用一朵怒放的鲜花

欣欣然充满感激地为你们送去祝福和快乐

让这个城市对你们充满敬仰和尊重

让这个城市的建筑工程师们

享受到人间无处不在的关爱和温馨

哪怕是一个主动空出的公交车座位

一声主动的关切的问候

让这个城市公平美好

充斥着悠然自得和谐共处的阳光

插上天使的翅膀

任天动地摇楼宇崩塌

任山洪暴发房屋冲垮

任车毁人亡灾祸不断

天使总在鲜血混合着死亡边缘的紧要关头

毅然举起手中生命的能量瓶

用她细微的呵护唤醒昏迷中的人

不畏惧死神召唤

不怕恐怖的自然魔爪伸向人类的脆弱

不远千里四处奔波地施救

只为看到睁开的双眼

惊喜地回归色彩斑斓的世界

她舒展了凝滞的眉宇

舒缓着紧张的情绪

欣慰地闭上熬红的双眼

天下不幸之人比比皆是

穷苦劳作却要被上天作弄

穷上加穷却要被疾苦折磨

天使温暖的话语

格外给予的照顾

让一蹶不振的心骤然觉醒

只要活着一切都有希望

天依然蓝得沁人心脾

地依然千里百川任由驰骋

天使带领着迷途的落魄者

找到人间最真挚的情感温床

感受精神超凡脱俗的神奇魅力

天使配合专业的医者救急救困

春夏秋冬奋战在一线

忘记了爱恨纠缠的生活

忘记了自身的劳累和困顿

忘记了生活中除了病人还有家人

她翱翔在蓝天下

飞向每一个需要照料的病人身边

用爱召唤　用心呵护

用行动温润了干瘪的即将枯寂的心灵

而她却一天天年华不复

一日日成为人类最忠实的健康使者

盈康恩泽天下善惠

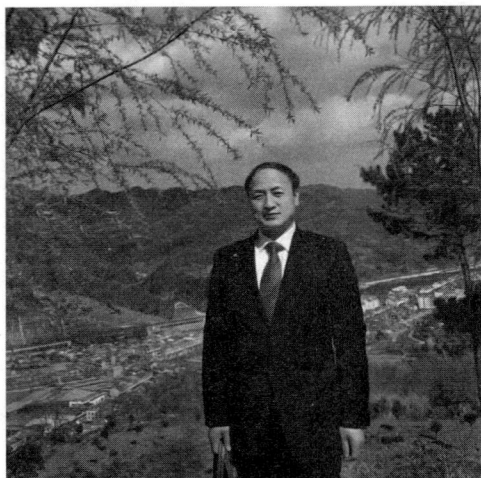

李战辉

生于陕西旬邑，中国诗歌学会会员，陕西省作家协会会员，陕西省诗词学会会员，曾在《人民文学》《工人日报》《中国青年报》《解放军报》《中国诗歌》《陕西日报》《山西日报》《陕西工人报》《陕西文学界》《陕西诗词》等报刊发表作品1200余篇（首），著有小说《酒祭》，曾获首届"华夏杯"全国文艺大赛新秀奖、首届全国职工诗词创作大赛二等奖等，部分诗歌被收入《中国当代诗歌精品大全》《中华现代诗歌方阵》《陕西六人诗选》等。

花果村，经历了一场艳遇

抵达花果村时

雨儿纤纤似有似无

风儿柔柔温情拂面

那深深浅浅的春色

掩饰不住内心的喜悦

映现着各自的妩媚

四处弥漫着醉人的醇香

早开的花儿

含蓄地退居幕后

青樱绿杏们粉墨登场

在枝端探头探脑萌态十足

近旁的牡丹和杜鹃

以及叫不上名字的花儿们

正在恣意地竞相绽放

把花果村装扮成

名副其实的人间四月天

一声湿漉漉的鸟鸣

牡丹花丛中飘出

激荡起我心中的涟漪

鸟飞的一刹那

我移步到满脸红晕的牡丹面前

在惊叹这场艳遇的同时

将一句话耳语给牡丹

同行的诗人没有听到

在凤堰，想起了血亲

金灿灿的油菜花
盛开在凤堰古梯田里
像极了潮起潮涌的大海
一波一波由近至远
一直荡漾到天际
行走其间
花香弥漫　流光溢彩
仿若置身于金色的山水画廊

我艳羡眼前的花儿
它们开得热烈奔放
尤为敬佩隐藏在花下的田地
这是几百年前湖广移民们
以愚公移山的气势
掘山填壑修建成的万亩等高线式梯田
至今依然肥沃丰腴
孕育着油菜、水稻诸多农作物

修建梯田的先民们早已逝去

他们遗留下的丰功伟绩赫然在目

站在这片农耕文明的"活化石"上

不事稼穑的我有一种卑微油然而生

唯一想表达的是至真的感念

一阵微凉的山风袭来

我突然清醒地想起

粮食是我们的血亲

土地也是我们的血亲

在长安茶园命名一片叶子

真该庆幸

在中国最美乡村与这片叶子邂逅

你那油油的绿，嫩嫩的绿

将长安茶园装点成一汪碧海

绿得我怦然心动

挖空心思想出的一堆形容词

都不能恰当地赞美你的神韵

我固执地认为

你一定是为我而生的

要不怎会有这样奇巧的机缘

于千百万叶子中

独独对你一见钟情呢

想对你来一次关怀备至的呵护

竟然无从下手

可爱的叶子

不能让你默默无闻地生长

应该给你取个温暖的名字

你和祖辈们都扎根于女娲故里

就把你命名为女娲香叶吧

一个自认为贴切的芳名

从今天起

我要做一个护叶使者

和你一起沐浴这仙境里的阳光和雨露

看着你渐次长大

让你那不染纤尘的碧绿

荡涤我身上所有的浮华

月亮湾的一个下午

如钩的月亮湾

宛如处子一般

静静地躺在吉河的浅滩

恬淡而又娴静

一路载歌载舞的河水

抵达月亮湾时

醉心于眼前的静谧

忘记了流淌

忘记了喧腾

驻足在这梦里水乡

我枕着这条吉祥的河流

躺在蓬松柔软的绿毯上午睡

看碧蓝的天空中云卷云舒

像极了一个人

为我轻歌曼舞

整整一下午
我什么也不做
只是静静地看着
把自己也虚化成一个舞者
在天空联袂起舞

栀子花开

睡意蒙眬中

一缕幽香破窗而入

直奔床头

清雅的香味撩拨着脾肺

使我心旌摇曳 欲罢不能

方才缠绵的瞌睡虫

瞬间消失殆尽

踏香而觅

室外的栀子花身着素洁的裙

含情脉脉地站在枝头

一边翩翩起舞

一边流泻着自制的香水

惹得蝴蝶和蜜蜂在争风吃醋中

互相追赶着对方

在蝴蝶和蜜蜂打闹的间隙

我摘下一朵栀子花

嗅着她的体香悄然走开

独享那份安逸

在公主号游轮上

登上公主号游轮

女儿的脚步比我跑得要欢

她把所有的欢喜写在脸上

快乐得像一只小鸟飞上飞下

话语滔滔不绝

想让自己学过的优美语句

装满整个游轮

伴随着浑厚悠长的汽笛声

公主号缓缓起航

把一群来自天南地北

操着不同方言的人

载上同一条命运的船

在浩瀚的渤海上

劈波斩浪一路向前

游人的欢声笑语

盖过了碧浪

淹没了阵阵涛声
向着海天一色的方向蔓延
人们在尽情领略海景的同时
把自己也变成了一道风景
看人 看风景
成为一种心照不宣的欢愉

兵马俑，见到你就心跳

兵马俑

见到你

我的心就激越地跳动

不是折服于你的高大

更不是被你的威武震慑

而是感动于你的执着和忠诚

始皇的躯体

早已化为尘埃

你历经刀光剑影

遭遇土掩火焚

依然兀自端立

以不屈不挠的姿势

守护在秦陵身旁

始皇的睿智

并非长生不老的愿望

也非事死如生的念想

而是洞穿你——

陶俑纯粹的品质

只有你的忠诚

才能让始皇的灵魂不会游荡

清晨，鸟儿在歌唱

在这个临江的寓所
每天清晨
都有鸟儿引吭歌唱
风雨无阻　从未间断

许是怕惊扰了人们的酣睡
它们先是低吟浅唱
歌声由远及近
紧接着便是特色迥异的二部轮唱
唱到兴致高时
便是气势恢宏的众鸟齐鸣大合唱

鸟儿的歌声悠扬婉转
响彻天宇
叫醒了东方的太阳公公
叫醒了莘莘学子
叫醒了忙碌的上班族

老　屋

老屋着实老了

像一位沧桑老人

弓腰驼背地站在故乡

被那无情的风雨

侵蚀得瘦骨嶙峋

容貌颓废斑驳

院子里的野草

不加节制地疯长

湮没了老屋的基座

绿苔们也不甘示弱

坐着蒲公英的降落伞

落在屋脊上挤眉弄眼

大核桃树依偎在老屋身旁

像一个英勇的武士

代替逝去的父亲

忠诚地守护着老屋

伸长了臂膀

为老屋遮风挡雨

触摸着老屋

感受着父亲遗留下的温热

喟叹时光步履匆匆

把老屋小心翼翼地装在心里

于恋恋不舍中启程

不管走到何方　我坚信

老屋永远是我心灵的庇护所

守望龙头村的古树

古树执着地站着

像一个坚定的战士

站在龙头村旁

站在响水河边

一站便是几百年

它以守望者的姿势

经年累月守护着村庄

守护着茶园和田地

还有那环绕村子的栈道

肌肤被风蚀了

就让菌子着床

长出厚实鲜美的木耳

成为村民的佳肴

心儿被雷电掏空了

就让鸟儿来安歇

省下它们筑巢的劳顿

春光恰如其分

温润也正好

古树焕发出新的妆容

不敢轻言自己老去

它深深地知道

有一种信念

甫一开始

便是永恒

回望故乡

故乡

仿若一枚胎记

深深地长在脑海里

不管东西奔走

还是南北闯荡

从未遗忘过

回望故乡

是自打离乡后

每天都要进行的一种修行

不管多忙多累

总会挤压出一些时间来

站在异域他乡

面朝渭北旬邑方向

以十二分的虔诚

向故乡郑重地行注目礼

或许就那么匆匆一瞥

或许长时伫立

只是不愿有一天的中断

回望故乡
所有负累都已释然放怀
把故乡的名姓
在心里不厌其烦地默诵
于千百次恋念中
重温那怦然心动的平朴与亲切

打碗花

就那么不经意地一瞥
我的目光停止了游弋
被这些素雅的小花牢牢地牵引
内心的窃喜
迅疾向周身传导开来
在面部开出一朵写意的花儿

无须过多辨认
虽然二十多年未曾谋面
你的姓名还在我的烙印中
你就是我魂牵梦绕的打碗花
不管你来自家乡还是异域
我依然倍感亲切

不知哪位古人
给你取了一个既俗气
又有悖于你秉性的名字
并且杜撰了触碰就会打碗的谣言

让出生在那个物质匮乏年代的我

在好奇中平添了一丝惶恐

经过屡试未应的探究

为你平反正名的愿望

从童年滋生一直延续到现今

真该庆幸这场不经意的偶遇

在众多的名花秀木中

邂逅了极易被人忽略的打碗花

再次目睹了你以不亢不卑的姿态

一路攀缘向上

绽放出自己清新亮丽的色彩

这个城市的夜晚

这个城市的夜晚色彩格外斑斓

霓虹灯睁大娇媚的眼睛

向夜空频送秋波

LED 大屏按捺不住内心的喜悦

以流水波纹

演绎着自己的澎湃心潮

这个城市的夜晚喧嚣不堪

车辆如蝼蚁一般

占据了人们纳凉歇脚的地方

机车引擎轰鸣不止

耳畔得不到一丝清静

这个城市的夜晚让人捉摸不透

尊贵与卑微并存

阔绰与吝啬同行

高档会所里的歌舞升平觥筹交错声

遮挡了工棚里困顿的呻吟

也掩埋了街头细小的乞讨声

过汉江轮渡

车子行驶在石梯乡时

公路突然被汉江藏掖起来

不见踪影

纵然车子很大

我的个头很高

在这浩瀚的汉江面前

我们都渺如蝼蚁

无法抵达彼岸

稻香飘来处

一艘渡轮

向我款款驶来

在激越的汽笛伴奏声中

几名船员沐浴着万顷秋阳

扯开嗓门

唱着古老的汉调二黄

陶醉了整个渡口

我在车上

车在船上

船在江面上

一幅三位一体的图画在汉江上展开

画中的我

竟然辨别不清

这次摆渡谁是主角谁是配角

开在风雪中的月季

嫣红的月季

静悄悄地开在隆冬

开得无惧无畏

一副冷艳的容颜

不曾掩饰心中的炽热

心存妒意的雪花

听从风儿的教唆

在月季面前手舞足蹈

拐弯抹角地袭扰

尽情炫耀着自己的舞姿

月季在明眸流盼中

静观雪花的起起落落

舞累了的雪花

醉酒般东倒西歪

瘫坐在月季花瓣上

月季默默无语

开得愈加晶莹剔透

把淡淡的馨香

洒向九天

王贞

　　陕西省作家协会会员，咸阳市作家协会会员，咸阳市诗词学会会员，旬邑县诗词学会秘书长。现任陕西咸阳旬邑县政协办公室纪检组长。

预约春天

请允许我将鸟鸣和

紫丁香交还给你

给你燕子双双，风雨南窗

独木桥和溪水，还给你

坟茔、青青、秋千架

以及将铁锹的忧伤扛起的肩膀

都还给你

那把称手的剪子，也要还给你

给你绿色邮筒白色信封

裁一段好时光，寄出

你的人面桃花

一把钥匙，还给你

你只需轻轻一个旋转

春天的列车就会重返人间

鞋　子

我走进一双鞋子　或者
走进其中的一只
和未知做个比较
也许　或者　可能　然后
是脚底的态度

鞋子轻易地绑架
关于理想的远足
我仰视鞋底的高度
鞋子记载着我的路

我走在鞋子里
走过成败得失
走不出鞋底的疼痛

错　位

走得真累

你抬起疲惫的头

看到人群夹道

注视你的衣服

品尝那从未有过的新奇

你想

明天

应把自己挂在衣架上

让衣服学会走路

诗　外

穿过烟雾

从山上翻过去

有一片仙气升腾

蛊惑凡夫俗子的目光

使他审视自己

看生命

能否和山一起

放上天平的两个托盘

看步履

能否和着自然的韵脚

回望时　诗已化成一池碧水

影子击成的涟漪

波及一双眼睛

花香与忧伤

那些开过墙头的花儿

一定听见了 风的足音

袭人的花香弥漫了一整条街

就像走在路上的你

忽然听见一个逝去的亲人的心跳

那一刻的忧伤

仿佛被一粒飞速而来的子弹 击中

碎片落了一地

无　题

从睡梦中跌落地面

渐渐不再相信命理

站起身走近一盏红灯笼

杏花的影子依旧清晰

紧握春日的风

让幻影再靠近一些

像河水的声音抱紧日子

如果今夜有雨

你会惦念上午打电话的那个人

把寡淡的日子盛满茶杯

饮尽黑夜和月亮

让夜里赤脚行走的人

都能找到心的主人

门外门内

枝丫昏垂叹息着

喷出的雾气

滴成春天的向往

一枚悄然拱出冻土的嫩芽

轻叩着大地的门扉

那些逍遥漫步的麻雀 吱的一声

消匿于冰裂的树干后

享受爱情

郊外 轻盈的风筝

驾驭季节的小船

一路抒情

抵达春天的领地

路上依然泥泞着 偶尔的行人

竖起衣领

将寒冷关在门外

而春天的门内

阳光灿烂

明　天

明天有多远

是秒针跳过那一道界限

还是太阳洒下第一道晨光

明天的距离

是现在无法一蹴而就

是后天无法从头再来

于是　明天

永远是心头的一阵暖暖

信 仰

贫瘠的土地举起太阳的花朵

在风中诵唱 经久不息

它接受你的指引 虔诚谛听

同我坐在地平线以外 沉思

疲惫的灵魂

在我最肃穆的时刻

请你用温柔的手

扼住我的咽喉

夜　月

一弯

羞赧的月

将往事勾起

然后

挂在梦的墙上

却又

挂不住

最后落下来

碎在我床头

惊醒了一场

真实的梦

尘 世

是谁说

尘世竟然如此小

甚至 装不下一片落叶的叹息

而我们仅一个转身

就走丢了

雨　中

下雨了，路湿了，有人坐在车上
想念离开的站台，还有挥着手的旧时光

车灯在黄昏里困乏不堪
铁轨一直伸向远方，一头是故里
一头是他乡

你举着一把伞，缓缓地走
走着，走着，就老了

爱

陌上，花开之时

一定有谁的梦

在清醇的花香里，邂逅

否则，不会有一个灵魂走向另一个灵魂

那一场没有归途的奔赴，是果实

对落花的承诺，一次盛情的邀约

凋谢，就是唯一的践行

连忠照

　　生于陕西旬邑，陕西省作家协会会员，发表、出版作品近二百万字，著有诗集《时光琴弦》等。作品被选入中学语文阅读教材和人民文学出版社的年度文选。长篇小说《生命的微笑》获得陕西奋进文学奖。

精神病人

一个精神病人

在人群当中

一会儿笑

一会儿哭

或者 自由地跳舞

她把心里的苦楚

全都写在脸上

她没有带伪装

她哭她唱 宣泄着快乐忧伤

其实我们

都是精神病人 我们心底

都压抑着 太多欲望焚烧的伤

天天却把微笑挂在脸上

我们都是如戏的人生里的戏子

我们扮演得太过入迷

厚厚的油彩遮掩着眼泪三两行

终于有一天　我们累了
却找不到　一个可以
放声大哭的地方

聋

被命运捂住的耳朵
张大成雷达的外形
满世界捕捉不到
一朵花孕育的过程

人在面前来来去去
车辆挤成波浪的涌动
风把暴雨从天空摔下
大喇叭悬空

我的目光　还是
被无形的玻璃　碰得生痛
世界如此安静沉寂
如同透明的夜

我只能渴望
我可以

用一只手掌去倾听

一朵冉冉开放的声音

或者让我的味蕾

去品尝大珠小珠落玉盘

让我知道　它的滋味

是不是如同

母亲充满甜蜜味道的歌声

李凯凯

　　1987年生于陕西旬邑，自小患病在身，小学时即写作诗歌《沉默的青杏林》。著有长篇小说《贫穷和富贵》、诗歌《在玉米地》等大量作品。

荣　誉

我没有荣誉

就好像黄土没有装饰

坎坷地追求

一路而来

只是为了不再伤心

我是悲伤的人

看不惯人生的差距

我是痛苦的人

忘不了人间的贫瘠

我也是一个弱者

跳动着的却是强者的心

曾经平平凡凡只希望爱你

可是爱啊

总把我伤得彻底

庸庸碌碌我也希望活下去

可这个世界啊

不愿意让我踏实

在没有人爱的世界上
为了爱活着
你们的幸福
也许是我最大的荣誉

没有价值

不再有等待的世界上

只有陌生和熟悉

不再有真诚的世界上

只有价值和差距

想着

经常把自己想得哭泣

从前我喜欢清早

听远方火车的鸣笛

火车再也不会鸣笛了

世界一片孤寂

人很多

都是为了擦肩的过往

难得一见的微笑里

不知道暗含了多少危机

你说我可怕

我说你可悲

梦啊

在远方悄悄叹息

我突然想永远做一个长不大的孩子

这个世界

我太无力

雪 花

自己的人生就是一场雪花

只渴望快乐

是我爱你的回答

寒冷的现实

我不会抱怨你把我撇下

我爱这一场雪花

下得没有任何牵挂

这个人间啊

我有一肚子的话

无从表达

沿着雪路

寒冷被我当成了童话

爱上我的人

因为我的疯

离开我的人

因为我的傻

一样的雪花

只有我没有明白

人都需要御寒的家

我不是英雄啊

可以任凭命运的勾画

拒绝不了你的微笑

就如同无力挽回你的失望

这一场雪花

下得我满腹期望

我期望雪中能留下你的足印

给我这辈子爱的方向

张梦婕

20世纪70年代中期生于陕西旬邑，曾在《三秦都市报》做记者十余年，现居西安。创作以散文、读书随笔、儿童文学为主，作品多见于《文艺报》《文学报》《西安晚报》《少年文艺》等报纸杂志。2014年散文《穿越我心河的男孩》入选"《少年文艺》60年精品书系"。2016年将出版儿童文学《写信的孩子从窗外走过》。

三月里我敲过爱神的门

我一直在走
在风雨迢迢的路上一个人走
直到万千梨花开放
而爱神用她纤巧的手
拉拉我的衣袖
回眸处
你是我心中最美的风景

羞涩的眉，狂跳的心
我举起手
一遍一遍做着敲门的动作
可是每一次走到你门口
都风一般地逃走

没有人窥破过我的心事
只是通向你门前的小路
挥舞着骄傲的拳头
示威一般地喊

不要靠近

不要靠近

火热的心

聚焦在一起

我将不再宁静

你的门前有开阔的平原

春风里一棵棵树长出鹅黄的心愿

等待蜜蜂翩翩传送

我徘徊

一夜夜揉皱青春的羽翼

星子落了

我开始展翅飞翔

我旁若无人地敲响你的门

一遍又一遍

却没有你的声息

三月里的花

芬芳了村落里的每一条小径

唯独花香没有打动你的心
我不曾后悔的是
我敲过爱神的门

眼泪打湿过苍茫的路途
但我仍然可以对折密密的信笺
写下远行的深情

如果云知道

——兼送路千漾

如果云知道

彩虹会出现

那么

太阳下所有的不能忍受的委屈

都可以烟消云散

如果云知道

山岚之间弥漫着黑色的

白色的情绪

那么

羸弱的肩膀足可以

承担

所有的负荷

如果云知道

我伫立在这里

只是为了

等你

那么所有的风暴都会

隐没于尘埃间

云以柔情

拥抱山的伟岸

你依偎着一丈蔚蓝

海潮上涨的时候

你如星子一般的眼眸

又想过什么呢

我可爱的小孩

风吹过来

紫藤生香

若年幼时的你

一双小手

掠过琴弦

九寨之水

没有什么

惊醒过幽蓝的梦境

也曾在风的裙裾下

阅读四季的背影

清澈

一眼可以看穿的是

心灵城池的娴静

可以为一朵花的开放而陶然

也为星光下的群山

淙淙弹奏管弦乐

只是那么一瞬间的沉醉

水草、游鱼

就悄悄地打问心事

纵使那飞扬的马匹驰骋

纵使缤纷的云影映照

流经

途中的一切感受

让我倾听到

比高山更高的是心之向往

比坚守更静寂的是高山之恋

刘敏卓

　　1963年生于陕西旬邑，陕西省作家协会会员，陕西省史志协会理事，旬邑县作家协会原主席，《旬邑县志》主编。

溪　边

你坐在你家门前的小溪边
低着头，静静地绣着花儿
连我的窗子看也不看一眼

我多想偷偷看一下你绣的啥花
悄悄地走近你的身边
又怕小溪出卖了我的身影
把你手中柔长的丝线绕乱

美丽而又多情的姑娘哟
你的微笑已被溪水带到我的窗前

我明白了，你为何坐在小溪边
我多想让我的视线穿过你的针眼
在你的巧手下绣成透明的花瓣
你那颗散发着馨香的心儿哟
就会含在我嫩黄的花蕊里面

方　向

站在辽阔的原野上
每天我都向远处凝望

北方有我亲爱的妈妈
南方有我迷人的故乡
东升的太阳照亮了世界
西边的明月下有我思念的姑娘
每一个角落都拴着我的目光

我不知道，我该面向何方
我离不开妈妈的抚爱
故乡生长着我许多幻想
我精心地拨捻着阳光的金丝
我深情地裁剪着月光的纱帐

我的情思无限伸延
每根情思都系着甜香
每片土壤都在我的心里
我不知道该面向何方

王玉婷

　　笔名雨晴，陕西省作家协会会员，陕西省群众文化学会会员，陕西省农民画协会理事，咸阳市民间文艺家协会理事。已出版个人诗集《寂寞的红狐》《守望最初的月亮》，合集《陕西六人诗选》《九叶枫》。

元　日

女娲补天时

有精卫鸟日夜飞奔

衔回五色石

你是那逐日的夸父吧

你用日子的长短

来缝补我的心

我的知觉已然苏醒

皮肤渐渐光滑

心里的花

一朵一朵就开了

黑夜接着白昼

年末交给岁首

又是元日

我要仔细品咂这个日子

我有足够的时间和胃口

慢慢消化一整年的蔬菜瓜果

甜酸苦辣

和聚散离合

错落的光阴

风，已撞开三月的门扉
桃花还躲在襁褓中，嘤嘤呓语
柳丝一泻千里，占尽了春色

青草在脚下延伸
鹅黄柔绿地铺排，大张旗鼓
曲径偷闲

站在花丛中
误读了花语
难以觅得花的魂魄

三月的芳华
在光影中，左突右冲
找不到回家的路

路男

　　本名李智敏，生于陕西旬邑，现居西安，中国诗歌学会会员，陕西省作家协会会员，西安市作家协会诗歌委员会委员。出版有诗集《阳光地带》《阳光纪念日》《温暖长安》等，曾主编《大雁塔诗刊》《陕西六人诗选》《陕西诗人12家》等十余部作品。

细雨中

所有的思念聚拢一起
简单的、复杂的理由
在飘雨的夜晚促膝交谈

总有一些回望闪现眼前
除了风，还有雨
在纸钱的火焰中飘飞

瞬间清明，我看见亲人
在一株菊花中朝着我微笑

这个夜晚

远方已经沉睡
城市依然喧哗
此时的光阴，停驻我心

我吐出的烟圈
像一朵朵花
盛开在我的眼前

寂静的夜晚
一个声音在耳边响起
我知道，这是呼唤
从西头村传来

不紧不慢
像母亲的脚步声

有时候

有时候想去一个地方
在心里想了好久才说出来
但行动却总是缓慢了一些

有时候想唱一首歌
拿起话筒的瞬间失声了
总想跑到山野里大声呼喊

有时候想起一个人
他俊朗的容貌依稀可见
名字挂在嘴边却说不出来

有时候真想糊涂一回
难得的聪明伴随这一生
到头来不过是一场烟花而已

再一次表达

事实上，每天都能看见太阳
当雨雾遮挡住你我的视线
这时的阳光就开始飘浮
在更高的时空里继续挥洒光芒

这时的愿望依然如此宏大
理想主义占据了思想的制高点
最后的餐桌上剩余过多的营养
一丝丝能量，在目光中游离

事实上，此时的格局无法等同
白色背面渗透着黑色的暗流
脆弱的心脏已无力承载
这些来自时代的失意和旋转

他们时空传情，阅读并书写
说不疼不痒的话语，走着快步

在多弯的隧道里握手言和
极致的精彩洋溢在地球的封面

这是熟悉的场景，司空见惯
即使用一把尺子衡量
我的表达依然饱含精准的距离
从上嘴唇开始，深入到大地

今天的阳光无限明媚

今天的阳光无限明媚

我驾车路过电子城街道

就像被阳光

晾晒在露天的咖啡馆

我一边娴熟地开车

一边哼唱着流行歌曲

我唱到温暖、轻松

唱到无极限的蓝天和白云

还唱到铿锵、悦耳

唱到不能触摸的微笑与自由

我如此放纵自己

就像波浪无法收拢她的泡沫

就像此刻，我扬扬得意的样子

要多滑稽就有多滑稽

今天的阳光无限明媚

我品尝着
即将来临的春天的味道
她已经整装待发
只剩下春雷一声大吼了

其实，我早已听到
从脚后跟里一直向上蹿
像挠痒痒一样

老照片

一张张黑白老照片
被精心悬挂在炫丽的墙壁上
往昔的故事，被展览
古旧之人，被观望
多么令人为之动容的场景啊

你知道的，你念想的
或许被岁月淹没、埋葬
一丝丝纠缠，一缕缕光线
不是一朵朵落红
也是长久不忘的一声声哀怨

再回头，那个推着破旧自行车的女孩
她的笑容依旧甜美
她手中卖出的一根根冰棍
肯定香甜。她随风飘逸的连衣裙
雪白又干净，在人群中就是一朵花

天水相连，心海却无界限
如今，这一切已经物是人非
翻滚在浩渺无垠的行板上
我的手心握出一滴滴汗水
我分明听见有人呼唤着我的乳名

一次又一次。我将老照片装进心里
叠成纸船。让她在时光里飘荡
回收日月山河以及远走的心

鲜花店

说出爱情是难为情的
一支红色的玫瑰就足够了
粉红或者羞涩
在会心一笑中开始坦然
天空是你的，大地也是你的

写下爱情是纸上的
一生的承诺如此美妙
从一到百，让天堂入心
把空旷注入甜蜜
在这一刻，爱慕超越了自我

把鲜花店作为爱的见证
红唇未启，红尘却滚滚而来

最　后

这闷热的时光将我消耗
一年又一年。我旺盛的能量
在雪花降落时渐渐消退

这烦琐的生活给我理想
一分一秒，我都会合理安排
不让她变成匆忙的背影

这无法收复的故事把我拖累
一天又一天，一年又一年
重新捡拾往昔的身影多么不易

又要再次回望，我不相信
最后的最后还是最后
一个结局，只是一个美满的开始

这瞬间的开始就是新生
闪烁着尘世间太多的光芒
我需要享受，我得用她取悦来生

在大街上走一走

整理完所有的琐碎，终于
在轻松的瞬间长长舒了一口气
就像放下了重担，开始歇息

来到大街上，看到的
大多是车水马龙人海潮涌
整个城市飘浮在雾霾之中

我想起一些事，一些人
遥远的，高兴的，伤心的
或者还夹杂一些莫名其妙的

难道，想起谁，就该思念谁
走了很久很久的父亲
他在我心里，此刻已经复活
好像小时候，我跟在他的身后
我一直说话，父亲却默不作声

其实，偌大一个城市
容不得许多的虚情假意
就像迎面的微笑
从来都不是我。我很凝重
我内心盛满熊熊火焰

其实，我一直思念着乡村
幽静的小村，母亲只身一人
此时也在想念着远方的儿女
她已经习惯每天这样
她从不在电话里说同样的想法

在大街上走一走，我轻松许多
夜晚开始向这个城市靠拢
我的脚步舒缓，却必须向前

银杏树

我在蔚蓝的天空下行走

一朵朵白云流水一样

陪伴缕缕秋风一路高歌

这温柔的时刻

阳光像婴儿温润的小手

轻拂着我急速的脚步

这无限延伸的山川

这永久挺立的岩崖

它们都不作声

唯有满目的金黄扑面而来

一次次叩击我喜悦的心

让我的喘息在这里停留

并开始大口大口呼吸

我热爱银杏树的壮美

我喜欢此时目光中流溢的绚丽

它们收藏了我的珍爱

它们的光芒，不停地闪烁

让我看到了自己的暮年

行走在雨中

多少次在雨中行走

多少次感受到阴冷与冰凉

阴冷，是季节给予

冰凉，是气候给予

只有这雨水

像精灵，一次次降临

在人世间走动

像敲门声，一次次感应

膨胀，或者萎缩

而此时的街道

行人在匆匆赶路

急速的雨水

让心灵开始打滑

瞬间的温暖

埋藏在一个地方

不可言喻

只不过你先期抵达

我在路上

正和雨水交谈

我的身体里隐藏着一座宫殿

我的身体里隐藏着一座宫殿
宫殿里隐藏着许多秘密

黑夜在继续，梦想在蔓延
我怀揣一个探测仪诚惶诚恐
在岁月长河中做着无用之功
年复一年，走过无数春秋
我惧怕在瞬间错过美好时机
就像一只懒惰的鼹鼠
将白天当作温床，把黑夜
看成坚持不懈的劳动
在夕阳的光环下进入通道
在黎明时分幻想拥有

因为我喜欢身体里的宫殿
它像美味佳肴、阳春白雪
可以抵挡世界巨大的漩涡
可以击败来自欲望的天敌

我不能让它在我的身体里消失
有朝一日，我会进入我的身体
让它将我的肉身紧紧吸引

像一颗子弹穿透我的心脏
滴滴鲜血，瞬间映红我的眼睛

不知道的秘密

一个精美的火龙果
被塑料膜包裹
多么精美。而我
从不知道它来自哪里
又如何逆天生长
我只看到它椭圆的外观
知道它星星点点的果肉
十分惹眼

当然，这一切都不重要
从两年前认识了这个水果
它就成为我唯一的晚餐
而所有的秘密，并不保守

这就是我所需要的生活
我身体里拥有的甜蜜太多
需要不断地过滤

此时无声

一辆汽车从街道驶过
我只看见它飘忽的影子
闻到一缕汽油的味道

一群人从目光里消失
我只能描绘他们悠闲的脚步
也许他们的嘴唇红得发紫

一只鸟儿从树梢飞走
我只能想象它娇小的样子
在心里勾画它飞翔的方向

一个人沉默许久
心底的火焰熊熊燃烧
堪比一头爆发的狮子

守护在母亲的病床前

城市遥远，没有声息
点点滴滴的液体
是我的伤痛，缓缓流动

守护在母亲病床前
守护着宁静的夜晚
这乡村，像婴儿一样安恬

母亲花白的头发
垂落在爬满皱纹的额头
她看我的眼神，慈祥而温暖

她缓慢地说话
一个字、一个字的发音
针尖般刺痛我愧疚的心

母亲老了。她口齿不再清晰
她把一生的话语

用干枯的手心传递到我的身体

我的身体里，热流涌动
我无语的表情
此时，只有祈祷再祈祷

守护在母亲的身旁
守护着母亲的健康与幸福
看阳光一缕一缕，从窗户飘洒进来

此时，母亲的微笑多么甜美
她紧握我的手温热而有力
像火炉一样，让我的手心冒出汗来